LE JUGEMENT DERNIER

ET

AUX NATIONS,

ODES

Suivies de deux fables

PAR A. B. VIGAROSY

PARIS,

LADVOCAT, LIBRAIRE, AU PALAIS-ROYAL.

MAI 1825.

LE

JUGEMENT DERNIER

ET

AUX NATIONS.

ODES.

IMPRIMERIE DE J. TASTU,

RUE DE VAUGIRARD, N. 36.

LE
JUGEMENT DERNIER

ET

AUX NATIONS,

ODES

Suivies de deux Fables.

PAR A. B. VIGAROSY.

Paris.

LADVOCAT, LIBRAIRE, AU PALAIS-ROYAL.

MAI

1825

LE

JUGEMENT DERNIER.

ODE.

« ...... Très-rigoureux jugement sera fait à ceux qui président ; car au petit
« sera fait miséricorde : mais les puissans souffriront puissamment les tour-
« mens. »   SALOMON , *Livre de la Sagesse.*

« Les méchans qui n'ont rien à craindre des hommes sont d'autant plus
« malheureux, qu'ils sont réservés, comme Caïn, à la vengeance divine.

« Dieu mit un signe sur Caïn, afin que personne ne le tuât ; ce n'est p·s
« qu'il pardonnât à ce parricide, mais il fallait une main divine pour le punir
« comme il méritait. »   BOSSUET.

LE JUGEMENT DERNIER.

LES cieux ont perdu leur lumière !
Sommes-nous à la fin des temps ?
Quelle sombre lueur éclaire
L'affreux désespoir des vivans ?...
O jour d'effroi ! quelle ombre immense,
Rapide, a rempli l'Univers !!!
Est-ce la main de Dieu, signalant sa vengeance ?
Est-ce aujourd'hui que sa puissance
Veut juger les peuples divers ?

Eternel, Dieu puissant, daigne affermir mon âme !
Dans mes membres glacés fais pénétrer ta flamme !
Coupable que je suis, Seigneur, protége-moi !
Apparais ! de tes fils calme le juste effroi !
Prosternés, je les vois, à la lueur sanglante
Des funèbres éclairs d'une clarté mourante,
Sans oser te prier, lever les yeux vers toi !

Tout se tait!... Les torrens, sur le haut des montagnes,
Demeurent suspendus!...
Les fleuves, au sein des campagnes,
Déjà ne coulent plus!...
Les vents impétueux et naguère indociles,
Comme la nature, immobiles,
Ne combattent plus dans les airs :
Soumis à la même puissance,
Ils ne troublent plus le silence
Des forêts, des monts et des mers !

Ce silence d'horreur, ce tableau d'épouvante
D'un courroux tout-puissant annonce les desseins....
Mais déjà retentit la trompette éclatante!...
Dieu, dans tout son éclat, vient juger les humains!!!...
Les tombeaux sont ouverts!.. En tous lieux sur la terre
Les morts, rendus soudain à leur forme première,
Repeuplent d'immenses déserts ;
Et mille races entassées
Des tombeaux sortent empressées
D'obéir à la voix du Dieu de l'Univers !

« Peuples que ma bonté fit naître,
» Paraissez devant votre maître ! »
Dit l'Éternel assis sur son char radieux,
Précédé des éclairs, suivi de mille feux.
« Je viens, en ce jour redoutable,
» Venger mon nom et mes enfans.

» L'impuissant et le misérable
» Qui déjà d'une erreur coupable
» Au séjour des mortels reçut les châtimens,
» N'a rien à redouter d'un père
» Qui ne réserve sa colère
» Que pour les crimes triomphans!

» Je sors de mon repos pour punir les grands crimes.
» Je ne frapperai point de trop faibles victimes :
» Il faut à mon courroux d'audacieux tyrans.
» Tremblez, oppresseurs de la terre!
» Pour vous j'allume mon tonnerre!
» De mes fils glorieux, asservis trop long-temps,
» Vous ne punirez plus les innocentes plaintes :
» Dans les feux éternels, loin des demeures saintes,
» Vous entendrez leurs chants!

» Vos forfaits érigés en vertus héroïques,
» Et tout couverts encor du sang de mes enfans,
» Dans mes temples sacrés, profanant mes cantiques,
» Vous osâtes m'offrir un criminel encens!
» Mes ministres de paix sanctifiant vos crimes,
» Par la crainte et par l'or soumis à vos desseins,
» Vos complices et vos victimes
» Ont mêlé votre nom aux cantiques divins!

» Par vous a triomphé la puissance perfide.
» L'innocence faible et timide

» Fut immolée à vos projets.
» Vous pouviez, proscrivant l'orgueil et l'artifice,
    » Faire triompher la justice,
» Les plus saintes vertus, mes plus sages décrets :
    » Mais rendant toujours légitimes,
    » Décorant de titres sublimes
» Les vices, les forfaits qui flattaient vos penchans,
    » Vous ouvrites aux plus grands crimes
    » Des cœurs que je fis bienfaisans !

» Oints de mon huile sainte et parés de ma gloire,
» Usurpant pour vous seuls le droit de m'outrager,
» Barbare et sacrilége, on vit votre victoire
    » Prétendre au droit de me venger !....
» Avec vous à ce prix ai-je fait alliance ?
» Pour mon éternité craignais-je des complots ?
» Pour régir l'Univers, pour garder ma puissance,
» Vous ai-je jamais dit : Prêtez-moi vos bourreaux ?

    » Me venger ! quand le temps rapide,
    » Éclair de mon éternité,
» Ensevelit des rois la victoire homicide,
    » Fantôme d'immortalité !
» Me venger ! Vous mortels ! quel horrible blasphème !
» Quand les flambeaux des cieux, les mondes infinis
    » Vont tous, à mon ordre suprême,
» Rentrer dans le néant d'où je les ai sortis !

    » Vous qui fûtes vraiment augustes,
    » O vous qui chérites mes fils !

» Bons rois, ne restez plus parmi leurs ennemis,
　　» Venez dans le séjour des justes !
» Sans redouter des lois faites pour le malheur,
» Vous pouviez vous jouer de la faible innocence.
» Plus grand fut le triomphe, et plus, dans ma puissance,
　　» Je veux vous couvrir de splendeur.

» Venez ! je vais peupler l'empire de ma gloire !
» Là, sous la loi de Dieu, monarques éternels,
» Des peuples qu'opprimaient les despotes cruels,
　　» Et qui vont chanter leur victoire,
» Vous serez, dans les cieux, les maîtres adorés ;
　　» Vous leur dicterez mes louanges ;
» Vous régnerez sur eux, de vos trônes sacrés,
　　» Comme je règne sur les anges.

» Sages persécutés, sages long-temps proscrits,
» Et vous tous malheureux trop punis sur la terre,
　　» Venez au sein de votre père !
» Quittez ces corps mortels, volez, heureux esprits !
» De ces mondes épars cette heure est la dernière. »

Dieu dit. Le firmament s'entr'ouvre radieux ;
Les élus vont peupler le séjour bienheureux....
　　Quel chaos !... Quel affreux tonnerre !!!
Les astres rallumés se détachent des cieux,
Abîmés sous leurs poids, confondus dans leurs feux....
　　Enfin les tyrans de la terre

Reconnaissent le Dieu qu'ils n'ont point redouté !...
L'Univers est détruit !... Comme avant sa naissance,
Sur le Chaos, la Nuit, le Repos, le Silence,
Seule règne l'Éternité !...

AUX NATIONS.

✱

ODE.

✱

« Je préfère l'humanité à mon pays , mon pays à ma famille , ma famille
« à moi-même. »

FÉNELON.

« Hors de la morale point de politique , hors de la liberté point de morale. »

JOUY.

AUX NATIONS.

20 Mai.

Peuples souvent rivaux, le Ciel nous créa frères.
L'Égoïsme entre nous éleva des barrières,
    La Raison les doit effacer !
Au vain nom de patrie on alluma nos haines :
La patrie est le globe où des lois souveraines
    Nous font naître et passer !

Chassons un préjugé qu'enfanta la Conquête !
Qu'enfin la Vérité soit le seul interprète
    Des peuples, des rois plus heureux !
A la fille du Ciel si nous sommes fidèles,
Elle fera briller, nous couvrant de ses ailes,
    Les plus purs de ses feux.

Un roi, présent du Ciel, digne de notre hommage,
Protége même alors qu'il repousse un outrage :
    Il règne sur l'humanité.
Vrai ministre de Dieu pour consoler la terre,
Il n'impose jamais le joug d'une frontière
    A sa vaste équité.

Que fait le conquérant ? Au milieu des alarmes,
Des vaincus, des vainqueurs, il fait couler les larmes,
    Il détruit les nœuds les plus chers.
Croit-il par la victoire enrichir sa patrie ?
A peine de ses biens s'est-elle réjouie,
        Qu'elle touche aux revers !

Les peuples que soumit une injuste victoire,
Bientôt courent s'armer, tous avides de gloire,
    Et de meurtres et de tributs.
Sous ses lambris dorés surprenant l'opulence,
En place de trésors ils laissent l'indigence
        Aux peuples corrompus !

Ces transports insensés des races passagères,
Ces rêves fatigans de grandeur, de misères,
    Laissent à peine un doux réveil.
Tel, sur ces monts voilés par d'éternels nuages,
Fugitif, brille à peine, après de longs orages,
        Un rayon du soleil.

Pourquoi nous envier nos vertus, nos richesses ?
Pourquoi nous abuser par de fausses promesses,
    Tour à tour trompés et trompeurs ?
Confondons nos trésors ainsi que nos alarmes :
Plus nous aurons de biens et plus aura de charmes
        L'union de nos cœurs.

Ces peuples entourés de déserts, de barbares,
Pour leur vendre les biens dont ils sont trop avares,

Sont-ils plus que nous florissans ?
Quand la prospérité rencontre une barrière,
On ne l'arrête pas : retournant en arrière,
    Elle échappe aux tyrans.

Qu'à ce nom d'étranger, prélude de la guerre,
Succède un nom plus doux, le nom d'ami, de frère :
    Nous sommes fils du même Dieu.
Tous au même foyer nous puisons la lumière,
Ainsi que les rayons dispersés sur la terre
    Sortent du même feu.

Un durable bonheur est dans la paix du monde,
Dans cette liberté qui nourrit, qui féconde
    Les germes répandus.
Tout refuser au peuple engagé dans sa course,
C'est du commun bonheur détourner une source
    De biens et de vertus.

Braves Américains, suivez votre carrière !
Votre aurore répand des torrens de lumière ;
    Elle réjouit vos déserts !
Bientôt ils vont fleurir prodigues de richesses,
Et les arts affranchis, mêlés à leurs largesses,
    Charmeront l'univers.

Le flambeau presqu'éteint de l'Europe vieillie,
Recevra de vos feux une nouvelle vie ;
    Vous consolerez nos regrets ;
Et ces mers qui long-temps vous portèrent des chaînes,
Sur nos bords étonnés, de vos rives lointaines
    Verseront les bienfaits.

Portez une paix sainte en d'illustres contrées,
O rois ! brisez enfin des trames abhorrées,
    Arrêtez de sanglans efforts !
Le roi des nations bénira vos couronnes,
Et les peuples joyeux, plus amis de vos trônes,
    Confondront leurs transports !

Charles, digne Bourbon, dans une pompe auguste,
Va jurer par son Dieu la loi qui d'un roi juste
    Assura l'immortalité.
Aimez nos droits sacrés, faites que l'on vous aime,
O rois ! n'ayez qu'un cœur, qu'un même diadème,
    Qu'un vœu, la liberté !

Avec la liberté, les rois sont sans alarmes.
Puissans par notre amour, bien plus que par leurs armes,
    Ils peuvent être vertueux.
Ce cri n'est effrayant que pour la tyrannie ;
Il plaît à la grandeur sur le trône affermie
    Par un sang glorieux.

****

LE CHÊNE ET LES VERS.

⊳✳◁

FABLE.

⊳✳◁

Un chêne, le roi des forêts,
Sous le dôme chéri de ses rameaux épais,
Des tendres arbrisseaux protégeait la faiblesse ;
Il offrait un refuge à mille oiseaux divers,
Abritait leur berceau, rassurait leur tendresse.
    Aussi, des fleurs et des concerts
    Du chêne étaient la récompense,
    Et chacun demandait aux Dieux
    D'embellir sa noble existence ;
    Mais bientôt, trompant tous les vœux,
Sur le tronc paternel, en essayant leur force,
    Des vers, éclos sous son écorce,
Atteignirent au cœur l'arbre majestueux,
Qui bientôt languissant et perdant son feuillage,
    Ne garantit plus de l'orage
Les passans et les fleurs, les tendres arbrisseaux,
N'offrit plus un asile aux timides oiseaux.

Aussi cet arbre heureux qui charmait la nature,
Et dont la majesté, dont l'aimable parure
Fut un garant de paix, d'espérance, d'amour,
    En peu de temps et sans retour
N'eut plus de fleurs, n'eut plus de fêtes,
N'eut plus de parfums ni de chants;
Et ce roi des forêts qui brava les tempêtes,
Qui porta jusqu'aux cieux ses rameaux triomphans,
Lui, qui des aquilons a confondu l'audace,
    Vaincu par la plus vile race,
Se dessèche, et bientôt sans rameaux, sans amours,
Fut le trône odieux des hibous, des vautours.

    Le chêne au salutaire ombrage,
Est un roi bienfaisant, est un roi protecteur.
    Les vers, plus puissans que l'orage,
Sont les vils courtisans qui corrompent son cœur.

LES

GRENOUILLES ET JUPITER.

FABLE.

« JUPITER, vois notre épouvante ! »
S'écria la gent coassante,
Ignorant les fleuves, les mers,
Et voyant dans son eau puante
Le réservoir de l'univers.
« Jupin, il en est temps ! si tu le laisses faire,
» Dans peu l'astre du jour desséchera la terre,
» Et le globe enflammé bientôt ne sera plus
» De cendres, de charbons qu'un mélange confus ! »
Ce jour-là, Jupiter était d'humeur chagrine ;
Il voyait tout en noir. Oyant les cris perçans
Des grenouilles en pleurs, annonçant la ruine
Du monde et de ses habitans,
Il mande aussitôt les autans.

« Entre le soleil et la terre
» Amoncelez, dit-il, les nuages épais ;
» Ces vapeurs des enfers préviendront les excès
» De l'astre qui répand le chaud et la lumière. »
On ne résiste point au maître du tonnerre :
Le soleil est vaincu. Déjà l'ombre et la nuit
Se partagent la terre : aussi tout y languit,
Dégénère, s'éteint, et végète et périt.
Jupin ne reçoit plus que de tristes offrandes :
Il n'est plus de parfums, il n'est plus de guirlandes,
Il n'est plus de concerts, de danses ni de jeux.

Les vivans étaient en prière ;
Partout régnait l'effroi, la mort ou la misère,
Quand Minerve, Cérès, Apollon, tous les dieux,
Par Mercure assemblés tinrent conseil entr'eux ;
Puis en corps à Jupin vont présenter requête.
Il dormait. Le nectar avait fait dans sa tête
Ce que chez les humains
Fait le jus des raisins ;
Et des songes menteurs caressant son ivresse,
Jupiter ne vit pas la nature en détresse,
Tout le deuil de la terre et de ses habitans.
On l'éveille ; il regarde, il écoute, il s'étonne,
Reconnaît son erreur, reprend ses foudres, tonne,
Enflamme tous les cieux, rappelle les autans,
Leur fait loin devant eux chasser l'épaisse nue.
Le soleil reparaît, la terre le salue ;
L'abondance le suit, tout charme les cieux,
Et les chants des mortels font le bonheur des dieux.